CATALOGUE

DES

TABLEAUX

PAR

Rodolphe Ernst

dont la Vente aura lieu

HOTEL DROUOT.- SALLE N° 1

Le Lundi 7 Décembre 1908, à 2 heures 1/2

Me E. BAILLY, Commissaire-Priseur

9, Rue Notre-Dame-des-Victoires, 9

MM. J. CHAINE & SIMONSON, Experts

19, Rue Caumartin, 19

EXPOSITION PUBLIQUE

Le Dimanche 6 Décembre 1908, de 1 heure 1/2 à 5 heures 1/2

HOTEL DROUOT, Salle N° 1

CONDITIONS DE LA VENTE

La Vente sera faite au Comptant.

Les acquéreurs paieront *Dix pour cent* en sus des adjudications.

№ 33

№ 32

PRÉFACE

Depuis quelque trente ans, le public est accoutumé de remarquer au Salon les tableaux d'Orient de Rodolphe Ernst *et d'en goûter la composition spirituelle, le dessin serré, la couleur brillante. Mais en dehors des œuvres importantes qu'il réserve aux Salons,* Ernst *a peint toute une série de petits tableaux, que les amateurs se sont empressés de recueillir et qui portent bien sa marque d'artiste doué, au talent aimable et facile. C'est dire que le public fera un accueil chaleureux à la nouvelle série d'œuvres inspirées de ses promenades aux pays du soleil, qui vont être dispersées aux enchères, coins de paysages et d'architecture aux richesses d'émail, graves figures de Savants penchées sur l'herméneutique des textes sacrés, Fumeurs paresseusement grisés de la douceur des narghilés, beautés Arabes en recherche de coquetterie, Joueuses de guzla, gardiens de Sérail, etc., tout un monde qu'il a vu, étudié, compris et qu'il a interprèté avec d'étonnantes qualités de brio.*

Mais il est une autre note qu'une amicale pression le décide à montrer, c'est la note où il apparait peintre de la chronique d'autrefois, peintre de la vie, qui vers le milieu du dix-septième siècle palpitait dans les ruelles serpentant autour de la place Royale, ou s'épanouissait dans les somptueux hôtels qui en formaient l'admirable décor. Dans cette manière, il a exécuté des petits tableaux d'une saveur délicate ; il a ressuscité des types qui semblent surgir des vieux contes du passé et il a prouvé en mettant en regard son orient de lumière et ses intérieurs Louis XIII d'une atmosphère retrouvée quelle était la souplesse de son talent, appuyé d'ailleurs d'une longue étude.

ERNST *est décidément un artiste à qui il convient de prêter de l'attention ; plus tard, beaucoup de ses œuvres seront recherchées par les gens avertis, parce qu'elles émanent non seulement d'une intelligence habile à concevoir, mais d'une technique extrêmement sûre. Je me rappelle, il y a un peu plus de vingt ans, les portraits par lesquels* ERNST *se fit remarquer; c'était peint en coloriste, avec une franchise de tons et une autorité qui surprenaient. Depuis, dans son effort continu vers le mieux, il n'a rien perdu de ses qualités de primesaut, il a seulement simplifié et resserré son expression. C'est donc en toute conscience et aussi en toute amitié, que je souhaite aux œuvres de lui qu'on va disperser aux enchères, le succès que mérite l'homme de talent et le laborieux qui les a signées.*

L. ROGER-MILÈS.

N° 43

Cliché Braun, Clément et Cie

TABLEAUX

PAR

Rodolphe ERNST

N° 44 Cliché Braun, Clément et Cie

DÉSIGNATION

1. — *Le Brûle parfum.*

Bois Haut. $0^{m}22$; Larg. $0^{m}17$.

2. — *Le choix d'un Livre.*

Bois Haut. $0^{m}22$; Larg. $0^{m}17$.

3. — *Le Peintre.*

Bois Haut. $0^{m}24$; Larg. $0^{m}19$.

4. — *L'Architecte.*

Bois Haut. $0^{m}24$; Larg. $0^{m}19$.

5. — ***Le Musicien.***

Bois Haut. 0^{m}27; Larg. 0^{m}22.

6. — ***Femme Orientale avec son enfant.***

Bois Haut. 0^{m}24; Larg. 0^{m}19.

7. — ***Gentilhomme espagnol.***

Bois Haut. 0^{m}33; Larg. 0^{m}24 1/2.

8. — ***La Vénitienne.***

Bois Haut. 0^{m}33; Larg. 0^{m}24 1/2.

9. — ***Le Fumeur de narghilé.***

Bois Haut. 0^{m}24; Larg. 0^{m}19.

10. — ***Fillette vénitienne.***

Bois Haut. 0^{m}22; Larg. 0^{m}17.

11. — ***Lassitude.***

Bois Haut. 0^{m}22; Larg. 0^{m}17.

12. — ***L'heure de la Lecture.***

Bois Haut. 0^{m}22; Larg. 0^{m}17.

13. — *Gentilhomme Louis XIII.*

Bois Haut. 0m22; Larg. 0m17.

14. — *Un Vieillard.*

Bois Haut. 0m22; Larg. 0m17.

15. — *Femme Arabe à sa Toilette.*

Bois Haut. 0m33; Larg. 0m24 1/2.

16. — *Bibelots d'Orient.*

Bois Haut. 0m33; Larg. 0m24 1/2.

17. — *Bibelots d'Orient.*

Bois Haut. 0m33; Larg. 0m24 1/2.

18. — *La joueuse de Guzla.*

Bois Haut. 0m33; Long. 0m24 1/2.

19. — *Coquetterie.*

Bois Haut. 0m24; Larg. 0m19.

20. — *Suzanne.*

Bois Haut. 0m24; Larg. 0m18.

21. — *Le Prévôt des Marchands.*

Bois Haut. 0^{m}27; Larg. 0^{m}22.

22. — *La Lettre.*

Bois Haut. 0^{m}22; Larg. 0^{m}17.

23. — *L'homme de Guerre.*

Bois Haut. 0^{m}35; Larg. 0^{m}27.

24. — *La Broderie.*

Bois Haut. 0^{m}22; Larg. 0^{m}17.

25. — *Tigre au repos.*

Bois Haut. 0^{m}22; Larg. 0^{m}27.

26. — *Tigre se désaltérant.*

Bois Haut. 0^{m}22; Larg. 0^{m}27.

27. — *Tigre couché.*

Bois Haut. 0^{m}22; Larg. 0^{m}27.

28. — *Tête de Tigre.*

Bois Haut. 0^{m}27; Larg. 0^{m}22.

N° 46 Cliché Braun, Clément et Cie

29. — *Tigre assis.*

Bois Haut. 0^{m}22; Larg. 0^{m}27.

30. — *La Dégustation.*

Bois Haut. 0^{m}27; Larg. 0^{m}22.

31. — *Le Chanteur.*

Bois Haut. 0^{m}27; Larg. 0^{m}35.

32. — *Rêverie.*

Bois Haut. 0^{m}24; Larg. 0^{m}19.

33. — *Le vieux Philosophe.*

Bois Haut. 0^{m}24; Larg. 0^{m}19.

34. — *La Musicienne.*

Bois Haut. 0^{m}22; Larg. 0^{m}17.

35. — *Le vieux Savant.*

Bois Haut. 0^{m}27; Larg. 0^{m}22.

36. — *Le Maître.*

Bois Haut. 0^{m}33; Larg. 0^{m}24 1/2.

37. — *La lecture du Coran.*

Bois Haut. $0^{m}22$; Larg. $0^{m}17$.

38. — *Stratégie.*

Bois Haut. $0^{m}24$; Larg. $0^{m}19$.

39. — *Le Gardien.*

Bois Haut. $0^{m}27$; Larg. $0^{m}22$.

40. — *La Sieste.*

Bois Haut. $0^{m}41$; Larg. $0^{m}33$.

41. — *L'Étude.*

Bois Haut. $0^{m}22$; Larg. $0^{m}17$.

42. — *La Fontaine.*

Bois Haut. $0^{m}22$; Larg. $0^{m}17$.

43. — *Désœuvrement.*

Bois Haut. $0^{m}73$; Larg. $0^{m}93$.

44. — *Les Tisseuses.*

Bois Haut. $0^{m}80$; Larg. $0^{m}65$.

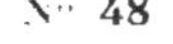

N° 48

Cliché Braun, Clément et Cie

45. — *Le gardien du Palais.*

Bois Haut. $0^{m}56$; Larg. $0^{m}46$.

46. — *Le Marchand de coquillages.*

Bois Haut. $0^{m}65$; Larg. $0^{m}54$.

47. — *Sur la Terrasse.*

Bois Haut. $0^{m}61$; Larg. $0^{m}50$.

48. — *La mosquée Rustem Pacha à Constantinople.*

Bois Haut. $0^{m}73$; Larg. $0^{m}93$.

49. — *Joueur de Flûte.*

Bois Haut. $0^{m}22$; Larg. $0^{m}17$.

50. — *Le Ciseleur.*

Bois Haut. $0^{m}22$; Larg. $0^{m}17$.

51. — *L'Amateur.*

Bois Haut. $0^{m}22$; Larg. $0^{m}17$.

52. — *Le Retour.*

Bois Haut. $0^{m}24$; Larg. $0^{m}19$.

53. — *Femme mauresque.*

Bois Haut. $0^{m}22$; Larg. $0^{m}17$.

54. — *L'Écrivain.*

Bois Haut. $0^{m}24$; Larg. $0^{m}19$.

55. — *Fumeur de pipe.*

Bois Haut. $0^{m}24$; Larg. $0^{m}19$.

56. — *Le Dessert.*

Bois Haut. $0^{m}24$; Larg. $0^{m}19$.

57. — *L'Avare.*

Bois Haut. $0^{m}24$; Larg. $0^{m}19$.

58. — *La Prière.*

Bois Haut. $0^{m}24$; Larg. $0^{m}19$.

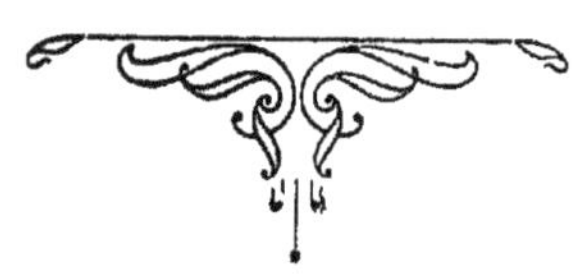

IMP. HENRI SCHILLER • PARIS

RED. :

19

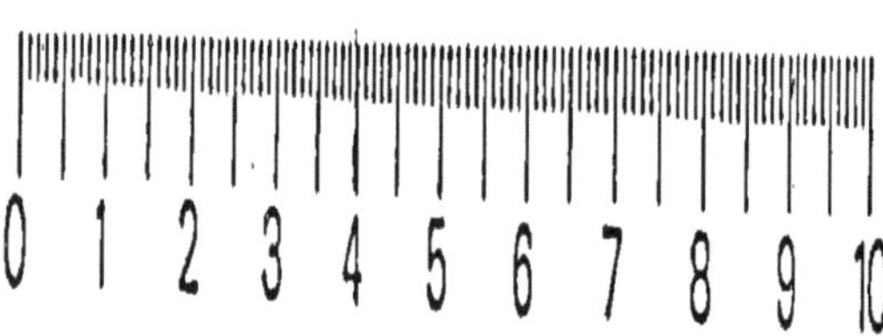
0 1 2 3 4 5 6 7 8 9 10

www.ingramcontent.com/pod-product-compliance
Ingram Content Group UK Ltd.
Pitfield, Milton Keynes, MK11 3LW, UK
UKHW022147260726
13993UKWH00005B/2218

9 782329 326351